Leyendas de Lago Ranco

Mirna Rudolph Medina

Leyendas de Lago Ranco ©

Autora: Mirna Rudolph Medina ©

Registro en gestión

Registro Propiedad intelectual: Solicitud N° 18n467

ISBN: 978-956-416-681-0

D'arte Ediciones, Lago Ranco, Chile
deartelagoranco@gmail.com
Linares 219, Lago Ranco
Diseño: Claudio Dazarola Cifelli

"Aunque no sé... de qué río brotaron las leyendas de mi tierra, tengo la seguridad de que se deslizan por ella como si se tratase del mismo aire fresco que nos llena de vida y nos eriza la piel".

Mirna Rudolph.

La pisada del diablo

Los cueros

La llorona del bosque Quillín

La roca Bruja

Palabras preliminares

Cuando las personas contamos mitos o leyendas, siempre hay quien las cuenta con más infundía que otros...por lo que las versiones pueden ser muchas, pero en fin; guardar la esencia de las mismas es primordial y es lo que he tratado de hacer en esta recopilación de Leyendas de Lago Ranco, donde agradezco el condimento aportado por el hoy en día profesor jubilado don Víctor Casanova, quien propagó en mí; al oírlo, una gran avidez de saber cuánta infundía podía agregar yo.

Mirna Rudolph Medina.

La pisada del diablo

Según cuenta don Víctor; en Lago Ranco…hace ¡muchos! ¡muchos años atrás! un indígena de la zona se encontró cara a cara con el ¡mismo diablo!, pero lejos de asustarse; el indígena sólo se asombraba de lo fanfarrón y orgulloso que era este feo diablo. Cansado ya de todas sus mentiras, el astuto indígena, ideó una forma de dejarlo en ridículo, ya que el diablo; sólo sabía jactarse de los grandes poderes que tenía.

_ ¡Mira diablo! _ le dijo con las manos en la cintura y con los pies muy firmes en el suelo. El diablo se dio vuelta y lo miró con desprecio, sintiéndose superior y más fuerte que el osado lugareño.

_ ¡¿Cómo te atreves a hablarme así, insolente humano?!_ Exclamó el diablo desafiante y enfurecido.

El indígena muy valiente le contestó:

¡A ti diablo! que te crees tan superior a los humanos. ¡Yo!, que soy humano ¡te hago una apuesta! _

_ ¡¿Así?! _ dijo el diablo, con un poco de risa y algo molesto. Para luego preguntar con cierto interés.

_ ¡¿Y qué apuesta quieres hacer conmigo, tú humano? !_

El indígena con cierta malicia y dando algunos rodeos alrededor del diablo, por fin le dijo:

¡Yo te apuesto diablo, que no eres capaz de hacer un camino de rocas en el lago, desde aquí a la isla Colcuma, antes de que cante el gallo! _

El diablo tan orgulloso como era no pudo dejar pasar la oportunidad de demostrarle al indígena sus grandes poderes, así que muy confiado aceptó la apuesta.

Como ya la noche estaba llegando, el diablo se dispuso a desarrollar todo lo necesario para ganar la apuesta, creyendo que el indígena se había ido a dormir.

El diablo presumido, utilizando todos sus poderes; avanzó muy rápido en la construcción del camino de rocas hacia la isla, pero cuando ya le faltaba muy poco para terminar, el lugareño que era muy astuto se escondió detrás de unos arbustos, agachado y casi a punto de ponerse a reír, imitó tan perfectamente el canto del gallo, que al diablo sorprendido no le quedó más que aceptar que no había podido cumplir con la apuesta, tal como le había dicho el humano.

El diablo estaba tan enfurecido, que dio un golpe muy fuerte con su pie, sobre la piedra donde estaba parado, mientras el indígena aprovechaba de burlarse de él, brincando sobre el camino de rocas que el diablo casi había terminado hacia la isla.

Es por eso hoy en día, se le llama al lugar donde el diablo dejó su pie marcado: “La piedra del diablo” o “La pisada del diablo”.

Fin

Los cueros

Según cuenta la leyenda de los cueros, hace muchos años atrás...cierto día; doña Ana y doña Ester, planificaron que irían al sector de Trauquén en el Lago Ranco, para enjuagar lana, ya que el día escogido se avecinaba soleado y prometedor de un buen secado. Para esto, prepararon a los niños, guardaron pan amasado, queso, verduras para ensalada y los hombres terminaron de embarcar un tierno cordero para el asado familiar.

El viaje partió muy temprano en un camión cargado con

toda la familia, más o menos unas 25 personas, entre abuelos tíos, hermanos y primos. El camino un tanto accidentado y polvoriento no bajaba los ánimos de los visitantes, que cada año repetían el mismo paseo familiar. Era un esperado y alegre día del cual quedarían fotografías divertidas, que solo se podrían ver después de que algún familiar fuera a la ciudad más cercana para revelarlas.

En fin, al llegar a la playa; doña Ana y doña Ester, ajustaron sus sombreros y remangaron sus vestidos para darse a la tarea de enjuagar la lana que traían previamente lavada, la ponían en canastos de mimbre y sumergían una y otra vez el canasto hasta que la lana quedara limpia y sedosa para hilarla con el huso.

Los hombres reían encargados del asado y doña Ana después de tender la lana sobre la playa, cogió a su niño y lo alimentó bajo un sauce que terminaba de enraizar en el agua. Bajo la sombra del árbol, el niño recogía un poco de brisa y la madre pasaba su mano sobre su frente para secar su transpiración. Habiendo cumplido con su labor, la mujer dejó a su hijo jugando bajo la sombra del sauce y constantemente levantaba la cabeza para mirarlo, pero al ir al convite del mate; en un santiamén el niño ya no estaba...todos buscaban y gritaban llamándolo, pero nada...parecía que la tierra o el agua se lo habían tragado...

El dueño del lugar acudió a los gritos y desesperos y al conocer lo sucedido les dijo muy angustiado:

_ ¡Esos han sido los cueros que se lo han llevado! _

_ ¡¿Quiénes son esos?!_ gritaban los afligidos.

_Son animales que se acercan a la orilla muy sigilosos, son delgados y oscuros y les gusta atrapar a la gente que se descuida en la orilla. Si atrapan a alguien, ya no lo dejan volver. Los cueros ya se han llevado al niño a las profundidades donde ellos viven, no lo regresarán. _

Todos estaban muy tristes el hermoso paseo se había transformado en un día fatídico y la gente nunca más olvidaría que los cueros existen en el Lago Ranco, y que, por lo tanto; no hay que descuidarse ¡nunca, nunca!, al acercarse a sus aguas.

Fin

La llorona del bosque Quillín

Martín iba muy satisfecho del recorrido que había logrado hacer en la cuenca del Lago Ranco. Todo le había salido según lo deseaba: buen clima, inmejorables paisajes, gente amigable y buena comida; así que tendría mucho para fanfarronear con sus compañeros de trabajo.

Ensimismado con la música y relajado con la ruta, de pronto se percató que se había encendido una luz al interior del auto, la cual indicaba que algo no estaba bien...Preocupado, se quedó un momento en silencio y trató de pensar qué sería lo que estaba mal...Pero nada encontró. Un vehículo pasó por su lado y pensó que no sería necesario pedir ayuda; pues cualquier cosa que fuese, él la solucionaría...

El cambio de la tarde a la noche bajo el monte Quillín, fue casi imperceptible para él, de pronto se encontró a oscuras y trato de usar su teléfono; sin lograr captar señal. En esos momentos, comenzó a sentir el frío que transportaba el benigno viento sur, un poco de hambre y un arrepentimiento lastimero, por no haber pedido ayuda a tiempo. En fin; no le quedaba más que subir al auto y esperar a orilla de camino a que amaneciera.

Martín se abrigó y trató de conciliar el sueño, pero el ruido del viento al jugar con los árboles le hacía oír ruidos extraños...ruidos que parecían llanto y una figura fugaz que se desplazaba al costado del auto. Pensó que sería imposible que conciliara el sueño ante tales eventos. El llanto se hacía cada vez más cercano, y los gritos de auxilio más desesperados, pero qué podía hacer; no conocía el lugar y estaba paralizado de frío y miedo. Rendido por el sueño, perdió la noción del tiempo, sólo para volverla a recuperar de improviso al sentir que una mujer gritaba y golpeaba su auto pidiendo ayuda. El hombre como pudo salió del auto con el corazón a punto de estallar, pero no había ninguna mujer ahí afuera, tampoco llantos ni gritos. Angustiado y sobresaltado no podía creer que su interrumpido viaje de regreso le hubiese deparado tal aventura difícil de creer.

La mañana llegó suavemente y confundido quiso creer que todo fue un sueño, se dijo a sí mismo que detendría a como diera lugar al primer vehículo que pasara por la estrecha carretera, sin importar el hecho de que su auto quedase ahí hasta que retornara con un profesional.

Así fue, como la señora Filomena pasó muy temprano por ahí, con la misión de llevar su verdura a la feria de Lago Ranco. Era una mujer muy amable y jocosa, que no tardó en entrar en una agradable conversación con el desventurado turista que recogió en el camino. Al sentirse más tranquilo y animado Martín relató a la conductora la azarosa noche que le había tocado vivir entre el bosque...Pero lejos de preocuparse la mujer soltó una simpática carcajada para terminar diciéndole al confundido viajero:

_ ¡Ah! ¡Es que la llorona de Quillín lo encontró a usted para pedirle ayuda! ¡Le apuesto a que sí! _

Sí, así fue... ¿y usted la conoce? ...

_! Ja, ja, ja! ¡No hombre! Sí la llorona de Quillín es una leyenda de por acá. _

_ ¿Una leyenda? _

_Verá: Cuenta la leyenda de la llorona del Bosque Quillín, que hace muchos años atrás, cuando este bosque era aún más grande y espeso de lo que es ahora, una mujer debió salir corriendo con su pequeño hijo enfermo a pedir ayuda médica para él, pero ella no logró conseguir la ayuda a tiempo y el niño murió en sus brazos; por lo que perdió la razón ante tanto dolor, para luego morir también en el bosque donde hasta los días de hoy vaga pidiendo ayuda para su hijo. _

Es una historia bastante triste la que me cuenta señora

Bueno...qué se le va a hacer... Y yo le aseguro que su auto no tiene nada, ya lo verá. Es ella la que decide a quién pedirle ayuda. Así que cuando venga por su auto traiga también unas pocas flores y déjelas en el lugar

Martín hizo como le dijo la señora y se fue pensando en la convicción de la señora Filomena acerca de que su auto no tendría nada, porque efectivamente; así fue...todo estaba bien y el viaje de regreso a su hogar continuó.

Fin

La roca bruja

Hace algunos años, me entregué a la tarea de recopilar las leyendas de Lago Ranco. Pregunté a muchas personas de mi ciudad y uno de los más animosos en responder mis preguntas, fue el señor Víctor Casanova, hoy en día; profesor jubilado. Él me informó de la conocida “piedra" o "roca bruja". La verdad es que él, prefería llamarla "La roca bruja".

Compartiré parte de nuestra informal conversación, así cuando quieran y puedan visitar a tan enorme y mágica roca, sepan...qué deben hacer.

Un tanto ansiosa comencé preguntándole al profesor:

_Don Víctor ¿y dónde queda "La roca bruja”? _

En la isla Huapi

_ ¿Y por qué la llaman Roca bruja? _

_Porque ahí sucedieron algunas muertes de lugareños, que no lograron escapar de los conquistadores españoles, cuenta la leyenda que estos muertos habrían seguido en espíritu custodiando el lugar, ya que se fusionaron con la roca.

Yo me iba imaginando el escenario que se pudo haber vivido en aquel tiempo con los españoles y enseguida pregunté:

_ ¿Y cuál sería la leyenda propiamente tal don Víctor? _

_ Cuenta la leyenda que la Roca bruja augura para quien

pase a través de ella, por una "muy estrecha abertura"...una larga y próspera vida, pero para quien no lo logre...le augura todo lo contrario_

¿Y es tan necesario cruzar a través de ella?

_No; no es tan necesario, pero la tentación de saber si tendrás una corta o larga vida es muy grande. Sucedió alguna vez que un turista que venía de Santiago andaba conociendo la isla Huapi y se vio tentado a cruzar aquella roca. Los habitantes del lugar le dijeron que antes de cruzar debía pedir permiso a "La roca bruja" y dejar algo suyo en prenda para que no tuviera ningún problema en su paso por ella, pero a él; estas recomendaciones solo le causaron risa y lanzando una burlona carcajada se dispuso a cruzar. Al inicio todo iba bien aunque el paso era muy estrecho, pero de pronto las paredes de la roca comenzaron a juntarse y el hombre generó mucho miedo dentro de sí mismo...no quiso lamentarse ni dar a conocer su angustia, pero cuando llegó al punto en que ya no podía esconder su dolor, pidió ayuda tanto por sentirse atrapado, como por entender que "La roca bruja" le estaba augurando una vida muy corta...Desesperado, el hombre comenzó a llorar y a pedir perdón por no haber hecho caso a las recomendaciones. Tanta sería su aflicción y ruegos, que los Espíritus de la roca se compadecieron de él dándole la posibilidad de cruzar...Cuando ya se vio afuera, sin que nadie le diga nada...se sacó la camisa y de forma muy solemne la dejó sobre la roca, mostrando así su respeto y agradecimiento

Después de oír la singular historia de aquel hombre, dije muy curiosa _Ojalá algún día me toque conocer a la magnánima "Roca bruja" don Víctor. _ Y él con mucha picardía esbozando una sonrisa, me dijo: _! ¡Claro! Por lo menos ya conoces las indicaciones_

Él se fue y me quedé pensando en lo hermoso que es Lago Ranco. Ojalá ustedes también recuerden las indicaciones si alguna vez cruzan por la gran "Roca bruja" de isla Huapi, para que tengan una próspera y larga vida.

Fin

Biografía de la Autora

Mirna Rudolph Medina

Mirna Nelly Rudolph Medina, es una escritora Ranquina, nacida el 18 de Octubre de 1965.

Hoy en día gusta de ir narrando historias, mientras ve como su pequeño pueblo se va transformando en una ciudad llena de turistas y avances tecnológicos.

Su expectación ante la vida, la ha llevado a incursionar en poesía, prosa y cuento, en un medio donde los escritores no son precisamente los más valorados, pero que a pesar de ello insiste en la entrañable experiencia de llevar las historias al papel.

Referencias y datos interesantes de Lago Ranco y sus Leyendas

Ubicación de referencia a las leyendas

BOSQUE QUILLÍN: LA LLORONA

ISLA HUAPI : LA ROCA BRUJA

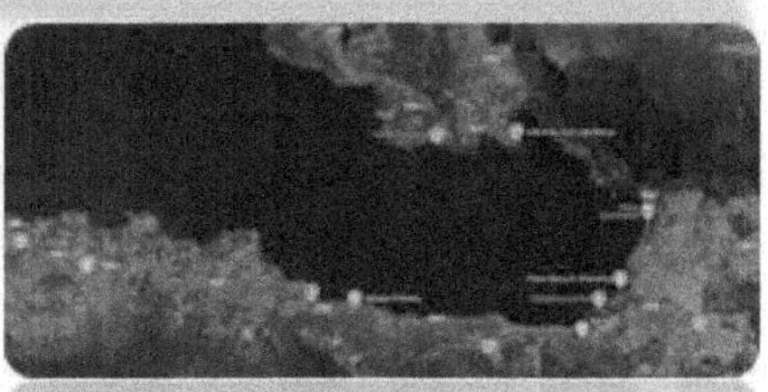

LA PISADA DEL DIABLO

PLAYAS DE LAGO RANCO: LOS CUEROS

Algunos datos interesantes de Lago Ranco:

El Lago Ranco es parte de un sistema de lagos andinos de origen glaciar, con una superficie de 443 km2 y una profundidad máxima de 199 metros

Lago Ranco tiene una historia relacionada con la colonización, la explotación forestal y la pesca deportiva:

Colonización

Los primeros colonos llegaron a finales del siglo XIX, estableciéndose en el sector occidental del lago, en Hueimen e Ignao.

Explotación forestal

La explotación maderera fue la principal actividad económica de la época, los vapores (remolcadores fluviales) y el ferrocarril fue el medio para transportar la materia prima.

Pesca deportiva

La pesca deportiva es uno de los principales atractivos turísticos del lago.

Isla Huapi

En medio del lago se encuentra la Isla Huapi, lugar ancestral mapuche que fortalece la influencia indígena en la zona.

Notas:

www.ingramcontent.com/pod-product-compliance
Lightning Source LLC
LaVergne TN
LVHW052115160826
845678LV00015B/3566

* 9 7 8 9 5 6 4 1 6 6 8 1 0 *